AF141990

© 2020 SIOBUD, Neimad
Édition : BoD – Books on Demand, 12/14 rond-point des
Champs-Élysées, 75008 Paris
Impression : BoD - Books on Demand, Norderstedt, Alle-
magne
ISBN : 9782322243518
Dépôt légal : Octobre 2020

Deux Lettres

Damien Siobud

Deux Lettres

« Il me faut me satisfaire de donner du sens à l'histoire présente pour sortir de l'absurde. Là est la responsabilité. Ne puis-je pas être heureux de participer à une histoire qui n'a peut-être pas d'avenir, mais qui a en tout cas un présent, celui de construire quelque chose d'au moins un peu plus humain ? Il se trouve que je vis dans une humanité ô combien imparfaite. Je peux contribuer à sortir, ne serait-ce que très partiellement, de cette imperfection. »

Albert Jacquard

I) Je t'aime et dans la dignité

Madame Coul, curatelle de Christelle Go,

J'attends de connaître ma part d'indu de l'impôt que je dois toucher. Je suis en fait d'autant plus surpris de cette remise en question du montant de cet indu qui me revient (c'est la colonne Monsieur où il y a écrit quatre cent quatre-vingt-neuf euros) qu'en 2012, quand l'AT (l'association tutélaire) s'est trompée dans la déclaration de ressources, ni réellement Christelle ni l'AT ne s'est intéressée aux six mille deux cents euros demandés, et ceux-là n'ont pas été partagés, nous n'avons reçu aucune proposition non plus. Pourquoi ce manque de confiance, de vous bien sûr, mais aussi de Christelle ? Ce sont mes impôts ! D'une erreur de déclaration de l'AT découlent six mille deux cents euros que j'ai dû payer ; quand normalement je dois toucher un remboursement d'impôt en dessous de ce montant, on met en doute l'affirmation du Trésor public.

Pour qui vous prenez vous ? **Chez nous personne ne porte la culotte,** *pas plus vous qui ne pouvez disposer impunément de mon argent. Christelle et moi avons décidé de partager tout, je ne comprends pas votre logique, <u>pourquoi, cette question d'argent est-elle posée à ma conjointe et pas à moi</u>, qu'espérez-vous, qu'attendez-vous de Christelle, cette question n'est pas une question pour elle mais pour moi, puisque c'est mon argent qu'il s'agirait de partager !*

Je suis prêt à donner mon préavis de départ du 11 place de la Pléiade et ne compte pas vous informer si la lettre part.

MAINTENANT, *réfléchissez avec les bonnes données :*

Si je quitte la Flèche, demandez-vous si l'affaire s'arrêtait là et si vous aurez autant de facilités à justifier le nouveau taux de prélèvement sur le revenu de Christelle de 8,5 % (soit 1,5 % de plus).

Voilà, ou il ne s'est fait aucune transmission de cette affaire (six mille deux cents euros d'indu, vécu comme sanction pour avoir travaillé à mon compte comme adulte handicapé), ou les inepties ne font peur à personne, <u>même pas à moi : devoir quitter sa conjointe pour souligner la bêtise administrative QUE VOUS RISQUEZ DE M'INVENTER, différente de celle faite par une autre que vous, il y a six ans !</u>

Ma Christelle,

Essaie juste de comprendre que l'AT, avec ses côtés faux-cul :

1- J'ai envie qu'ils justifient le 1,5 % de taxe qui se rajoute régulièrement ;

2- J'ai envie de voir leur vraie gueule si on devait se marier un jour, car je ne me leurre pas, ce ne sont pas des parents ni des beaux-parents, mais une calamité qui nous pourrira la vie si on ne s'impose pas à eux ;

1+2- Je n'ai pas envie de me laisser faire et j'espère que toi non plus : on est très capables tous les deux de savoir comment on doit répartir nos sous, TU N'ES PAS CONNE (rappelle-toi la visite devant le juge, comment ça a été expédié, et sans ton PACS), ET MOI NON PLUS.

On en parle dans le VSL[1], pas sur le net ;

3- Que cette façon de s'imposer, de madame Coul, tombe, SURTOUT sans en avoir l'air, au moment d'une fin de vie d'un parent n'est pas obligatoirement un hasard ! Si comme moi, tu as une dignité, on se bat tous les deux pour décider de notre argent et si on veut donner cet argent à une bonne œuvre, CELA NE LES REGARDE PAS !

J'en ai rien à foutre de deux cent quarante-cinq euros, ou du double (quatre cent quatre-vingt-dix

---

[1] VSL : véhicule sanitaire léger (sa caractéristique est qu'il transporte des passagers assis dans une ambulance, et non couchés).

I) Je t'aime et dans la dignité

(ou neuf) euros) ! Je sais que c'est moi qui en décide, c'est ce qui me revient, mais qu'ils profitent du fait que tu ne saches pas compter jusqu'à six mille deux cents, c'est abuser de nous deux, en te posant la question à toi de ce qui doit être fait de ces quatre cent quatre-vingt-neuf euros ! Bien sûr qu'on partage, mais c'est à moi d'en décider !!

JE T'AIME *ET DANS LA DIGNITÉ*

Signé : Pierre Grand

Voilà, je ne sais pas si « Miss *stress* » Coul est contente de son petit test, je constate que peu de monde ordinaire travaillant dans le milieu handicapé sait faire sans ces petits abus de pouvoir sadiques. C'est très souvent très « petit » et un condensé de sadisme. Ceux qui résistent à cet instinct (les plus appréciés du milieu handicapé pour leur Vraie indifférence, leur confiance en l'autre) n'ont, eux, jamais de poste de direction. Les directions de ces administrations sont souvent les plus cyniques, mais ça, ce n'est pas exclusif au milieu du handicap...

Pierre Grand

II) Journal

Oui, aujourd'hui, j'étais à l'hôpital pour comprendre mes phlébites à répétition. De même je réfléchis à pourquoi le médecin m'a dit que je devais être quelqu'un de « brillant » ? Le mot revenait souvent, la doctoresse avait l'air d'en savoir plus sur moi, sur mes livres que moi. Un grand mystère à élucider. C'est comme si elle avait des données numériques que je n'ai pas autorisé qui que ce soit à avoir, sans qu'on me rétribue : mes livres, mon temps sur l'ordinateur n'est pas gratuit (et encore moins sous-payable avec une « couille » d'AAH. Excusez, ma seconde mère et ma tante, le terme, mais j'ai deux couilles, je mériterais le double (le SMIC), pas pour partir à l'étranger mais pour produire plus de livres (car j'aime ça et il y en a trop à écrire, qui se renouvellent).

Pour quelqu'un qui serait « brillant », je ressens cette limitation financière, comme pour mieux me censurer, ou à l'opposé me faire produire des créations plus denses encore, ou encore sans style avec plein de mots sans sens à la place de chiffres, alors qu'un tableau parfois parle plus.

Malgré tout le respect qu'on m'a donné ce matin après ma nuit blanche, ça sent l'exploitation, on m'a pris, d'après Kiki, qui n'a pas la mémoire des chiffres impairs (dyslexie), vingt-trois flacons de sang. Moi, j'aurais plutôt entendu vingt-sept... Et ça allait quand même bien grâce au VSL rassurant, avec l'ambulancière.

C'est intéressant aussi de voir comment la doctoresse a démarré sur les chapeaux de roue, est sortie, a sans doute lu une info sur la bonne manière de prendre un schizophrène, ou elle s'est pris du LSD, ou les deux. Si c'est le cas, elle devrait partager son salaire avec une autre, car elle a très bien bossé, mais la file d'attente devait augmenter.

Comment faire comprendre à un médecin qu'il n'a pas l'exclusivité de ses connaissances et devrait diviser son revenu en deux pour AUSSI penser à sa santé physiologique, comme ses métabolismes ? Même son bureau pouvait être aménagé en transformant deux trop grandes salles, faire trois moyennes, ou au moins un aménagement handicapé (toilettes, accueil...).

Par contre, le fauteuil pour la prise de sang supporterait quelqu'un de deux cent cinquante kilos, mais pas l'entrée de la personne à la porte, pas du point de vue du poids, mais de la largeur, en cas d'obésité. Moi, c'est cent dix, elle a dit cent huit, je l'ai corrigée, j'ai mes yeux, contrairement à Christelle...

Dans cette ville, les médecins sont peut-être efficaces, mais les locaux vétustes, et le personnel est, je pense, plus dopé que moi, il devrait être autorisé à vapoter.

Bon, je mets ça sur LinkedIn, j'ai apprécié la doctoresse, mais elle devrait se faire assister, pas par chimie, hélas elle se croit, je pense, trop nécessaire et va y laisser sa peau ! Ne pas le lui dire est de la non-assistance à personne en danger.

Bisous, ma tante et ma seconde mère A, oui, vous Existez de façon importante pour moi.

Maman va rentrer de l'hôpital où elle était avec papa, comme chaque jour. Elle devrait y aller tous les deux jours, elle serait ainsi moins stressée.

À Notre Amie A :

Fatigué, un peu froid, la grosse prise de sang, on sent que cet hôpital est vétuste et manque de moyens : au moins vingt-trois grands flacons pris et même pas un jus d'orange au bout... Il est vrai, comme dit Christelle, que nous avons pensé à apporter du lait et du café, même si ça les a fait sourire.

Oui, Kafka, je n'ose le lire, ça doit être romancé. Je réalise qu'au bout de neuf ans, concernant l'argent, on n'a pas évolué, Christelle ne me fait pas confiance, elle ne veut pas s'imposer pour le symbole auprès de sa curatelle : neuf ans après, je vois que la

confiance de Kiki pour moi, c'est : zéro ! J'ai le senti-
ment qu'avec elle aussi, j'ai perdu mon temps. Elle
mesure la différence entre six mille deux cent vingt
euros et quatre cent quatre-vingt-neuf euros, pour-
tant.

Je prévois de quitter La Flèche et si Kiki m'aime
comme elle le disait : « j'irai te chercher… » Eh bien
non, Jeannette, il faudra que tu me suives et que,
moi qui t'ai donné la confiance en les curatelles, il
faut que toi, tu te choisisses un mari, un vrai, je te
mets au défi de trouver mieux. Comme un idiot, j'ai
encore cru à l'amour, elle m'a utilisé comme toutes
et je découvre une radine derrière ces quatre cent
quatre-vingt-neuf euros que j'aurais redistribués
avec elle.

Déception.

(Trop troublé par les silences de madame Coul,
considérant, moi-même, *Internet* comme créé pour
les affaires ou urgentes, ou importantes, ou les
deux, ici c'est urgent. C'est un affront pour moi. Je
le pense et je l'écris, devenant intérieurement en
colère, ne maîtrisant plus.)

« Je planifie le départ, de toute façon, ce n'est
même pas moi qu'elle veut, c'est, en 2017, peut-être
la maison de mes parents et un pigeon pour l'entre-
tenir.

Comme dit B. Fontaine (que je n'aime pas),
"l'amour, c'est pour les gogos".

Je ne lâche pas la maison de notre chaton Bijoues tant que le chat Chaussette de mon père n'est pas décédé. Ce sont mes deux fistons. Christelle, qui a l'habitude de se faire servir, m'a donné un Ordre, aujourd'hui. Christelle avait peur des chats, avant, il faudrait que je la morde….

Tout cela va être dur, mais pas plus qu'un discrédit.

J'ai pris quinze kilos, en neuf ans, pour rien ou presque, Christelle, voyant mon corps déformé, se décide enfin à aller à la piscine.

Moi, j'ai un déménagement en vue : encore une nouvelle vie, faut être perspicace pour retrouver l'amour, redonner sa confiance "coûte que coûte". Mais si l'amour, ça se cote à quatre cent quatre-vingt-neuf, pas à six mille deux cent vingt… c'est que l'équivalence n'est pas là.

Pour ne pas être pris pour plus con que mon père, je suis pris pour plus con que ma mère. Excuse-moi, maman, je ne suis pas ton fils pour rien : on est des gros pigeons.

Ma chère Kiki, on n'est pas du même sang et on n'a même pas d'enfants.

Ce soir, je ne sais plus si je t'aime, je ne t'en sens pas digne. Tes bravoures, tes circonstances atténuantes me paraissent traîtrise. »

Après qu'une excellente amie m'a fait pleurer de soulagement, à la retrouver Belle et bien dans sa peau ; après que Zigmus, mon *clown* préféré, avec ses blagues cocasses toutes faites pour moi, mon *clown* au cœur immense, m'a fait rire en pleine nuit d'un large rire intérieur ; je résonne : j'ai déjà fait pleurer cette amie de tristesse il y a vingt-six ans pour une question de cultures trop différentes, je ne peux ni ne dois recommencer avec Kiki, ma Kiki, mon p'tit *clown* juste parce qu'elle ne vit pas ce que je vis, qu'elle ne le vit pas de Ma culture.

À mon tour, je pense vis-à-vis de ma Kiki : **« même si on se fâche, je t'aime ! »**

La force d'un couple va au-delà des administrations.

À mes Amis Micky et A :

Pas d'inquiétude je me suis couché ce matin en disant à Kiki que je l'aime, elle m'a répondu qu'elle aussi, mais un peu triste.

Là, mon p'tit clown *est parti à son association de consommateurs, moi, j'ai dormi huit heures, je sais que je resterai troublé par les évènements derniers et le silence de Madame Coul.* **Je dois tourner les pages** *et penser à ma santé, les évènements d'hier ont été trop troublants.*

Madame Coul ne fait pas son boulot, elle fait du zèle à mes dépens. Nous sommes un couple depuis neuf ans.

Oui, ça serait dommage de gâcher tout ça, il faut (encore) comprendre que Christelle a ses handicaps et d'autres handicaps qui en découlent (ELLE NE COMPREND PAS **L'IMPORTANCE SYMBOLIQUE DE CET ARGENT** POUR MOI ET JUSTEMENT, **C'EST MOI QUI PERCE L'ABCÈS TOUT SEUL.** JE M'EN FOUS DE CE FRIC (JE M'EN FOUS D'AVOIR FUMÉ 1000 (un millier de) CLOPES LÉGÈRES PAR MOIS PENDANT CINQ ANS ET C'EST MOI QUI DONNERAI TOUT À MA CONJOINTE, SANS INTERMÉDIAIRE et en espèces !), j'aime la difficulté, pour la vaincre, il faut que je m'invente d'autres méthodes et que je prenne de la graine de Kiki.

T'inquiète pas, cette nuit j'ai rêvé que je mangeais de la salade crue (presque avec les chenilles) : je vais me comporter en pachyderme.

Il y a trop d'évènements douloureux ou troublants, il faut que je broute dehors.

Je me lève bien + Kiki me manque.

Mille bisous,

Pierre

A me répond :

Oui, je comprends ce trouble et beaucoup dans cette société ne se rendent pas compte à quel point le trouble causé par de telles embûches sur la route peut déstabiliser gravement.

Tu résistes et tu inventes des méthodes, j'admire, et surtout cette phrase qui me ravit chaque fois : « prendre de la graine de Kiki » !

Oui, pense à ta santé, mais si tu manges trop d'herbe crue, ne deviens pas un ruminant, ruminer ses problèmes n'aide pas à les alléger, mais ils restent sur l'estomac !!

Bise,

A

J'ajoute pour Micky, notre meilleur ami :

Non, je ne reproche pas à Kiki d'aller à la piscine, je lui reproche d'avoir beaucoup trop tardé, d'avoir eu besoin de nous voir au non-retour du point de vue du poids pour réagir, je crois qu'elle ne l'analyse pas, d'ailleurs : ce n'est pas grave, l'important, c'est qu'elle y aille.

T'inquiète, si tu peux expliquer à Kiki ce qu'est un geste symbolique, ça m'aidera, si elle peut le comprendre : comprendre comment prouver par cet argent, par ce crédit, que l'on doit s'accorder mutuellement sur la gestion des finances, que l'on se fait confiance, « se donne du crédit », de la valeur, de la crédibilité.

Oui, autrement, tu as raison sur toute la ligne, mais Kiki n'est pas mature et on n'achète pas une maison quand on n'est pas mature. Moi-même, je ne me sens d'ailleurs pas prêt.

Je mets une copie, sans complexe, à ma-
dame Coul, si elle veut faire du zèle : qu'elle écrive.
Kiki veut qu'elle se déplace, et si c'est ça, ce ne se-
ront pas des mots mais un ton autoritaire, pas d'accord, C'EST NOTRE COUPLE ! On ne va pas non plus
gâcher les 1,5 % supplémentaires et inutiles dans
des frais de transport. Qu'elle se bouge du cerveau !
Ce n'est pas moi qui ai mis Kiki en protection judi-
ciaire et j'épouserai une femme ADULTE ! Ça ne suf-
fit pas d'avoir acheté des alliances pour prouver
qu'on est un couple.

Allez, je n'ai pas mangé ni fait ma toilette,
« ch'suis comme un cobaye » (Soleil cherche futur et
« les dingues et les paumés », Paroliers : Hubert-Fé-
lix THIEFAINE / Claude MAIRET)

Excuse-moi, Micky, je sais que tu peux tout
comprendre, mais ma position est incommensu-
rable. On me pousse à la folie alors qu'il devrait être
question de tendresse. Ce n'est pas un jeu, l'amour,
et je ne sais pas à quoi madame Coul joue, avec ses
silences !!!!

Pierre

J'écris à Madame Coul.

Christelle est en train de vous faire un courrier,
d'elle-même (sur Word).

Je ne sais pas si elle comprend le côté symbolique, déjà, elle comprend qu'il y a des principes et

elle me dit qu'elle a peur de me perdre (je ne le lui ai pas encore dit, mais moi aussi) (je lui mets la copie de ce courriel car, maintenant, elle dort).

*Elle a d'elle-même écrit les impôts **de** mon homme, c'est donc moi qui en décide et rassurez-vous, elle aura sa part pour récupérer sa dignité et s'acheter un jour son* scooter cash, *sans rater une occasion (on s'est simplement fait DOUBLER pour le précédent).*

Voilà, elle vous a écrit de sa propre adresse mail, vous qui ne répondez pas aux miens, désolé pour les complications, mais votre excès de zèle méritait le mien, à part que l'injustice, c'était moi qui la vivais : on en a marre de faire nos preuves face aux « n » curatelles, qui disent qu'elles vont rester, et qui en fait se divisent et divisent ! Si votre quota pour arrêter de nous tester est de dix ans, écourtez d'un an !!

*Je pense que le cerveau de Christelle apprend, malgré tout et au contraire grâce à tout, je pense qu'elle verra un jour un symbole autre que le donner surtout à une maison, elle sait déjà ce qu'est : **sauver un foyer, un couple, au présent**.*

Cordialement,

Pierre

PS : je l'aime.

-Bonjour madame Go,

Si j'ai bien compris votre demande, vous souhaitez rembourser les quatre cent quatre-vingt-neuf euros à monsieur Grand, la somme totale.

Je peux effectivement modifier et procéder au versement de la somme de quatre cent quatre-vingt-neuf euros.

Je transmets la demande au service facturation aujourd'hui, ce sera mis au paiement en début de semaine prochaine.

Cordialement,

Madame Coul pour l'AT

-Merci Christelle, excuse-moi pour ton amour propre, mais moi aussi, j'en ai. Normalement, tu auras les espèces en fin de semaine, je pense que cela sera une liberté, un jour, de gagnée, que tu réclamais il y a longtemps et que tu auras sans tricher.

Pierre

-Merci Madame Coul,

Cordialement

PS : merci d'être allée aussi vite (me concernant).

Madame Go Christelle

Fini les colères injustifiées, les doutes, moi-même qui disais que Christelle n'avait pas confiance en moi. Nous sommes lents à comprendre : elle pourquoi je lui demande de me faire confiance, moi que **Christelle m'aime, si simplement.** Tout est rentré dans l'ordre par **un geste réparé** (même si une curatelle ne « rend » jamais de l'argent volé car son terme « rembourser » concerne Christelle et la curatelle a failli me le « prendre » et le lui « donner » <u>sans jamais se justifier</u>, mais, ça c'était déjà la première histoire des six mille deux cents euros... une autre histoire).

Conclusion

Christelle, si elle ne va pas se plaindre au commerce de proximité dont elle vient de partir, mériterait de toucher l'indu de six mille deux cent vingt euros de la part de l'AT. Cette suspicion pour la maison lui a fait trop mal, j'ai craqué, je préfère bien sûr que cela soit à l'écrit que gestuel, et **il faut qu'on décompresse.**

Moi, je sais qu'à chaque fois que j'y vais, je sens des reproches pour <u>ses choix</u> en ma présence comme en mon absence, qu'elle m'impose, un peu comme quand elle m'a donné l'ordre de faire un colis, en moins fort bien sûr, mais malheureusement, le résultat de ceux-ci. Il y a donc une très grande dépendance autour de Christelle, dépendance d'eux et de <u>ses décisions</u>, celles-ci compliquées par une curatelle, car Kiki en prend difficilement.

Je ne lui ai jamais donné d'ordre, mais lui ai toujours expliqué la raison des choses.

Des preuves de confiance, en fait, nous nous en faisons toujours mutuellement et le doute sur nos potentiels, nous en avons tous, à tort. *« On est très capables tous les deux de savoir comment on doit répartir nos sous ».*

Christelle, c'est ma Kiki, c'est un peu une femme enfant : me comprenant, hier, elle est restée à son tour attendre que le chaton rentre avant de se coucher.

« Le gamin », malin, patientait que je me relève en sortie de bain au bout d'une demi-heure de somnifère. Alors le somnifère faisant moins d'effet, j'écris.

Je ne voulais pas qu'il décale ma Kiki et la fasse progressivement se coucher à six heures du matin, que la deuxième joue qui le couvre (il s'appelle Bi-joues) prenne le relais. Un couple qui se complète bien, en fait, ce sont bien deux joues tendres.

Moi, j'écris. Kiki, qui rentre contente d'avoir trouvé de nouveaux articles alimentaires (pas donnés ☺) ou de s'être confiée à sa caissière préférée, attaque les tartines à la mousse de thon. Cela m'amuse plutôt de la voir si excitée, car je lui avais dit : « Ne me casse pas du Pierre sur le dos ! » Comprenez, du sucre…

J'avoue que je la savoure aussi, cette mousse de thon, avec ce pain frais.

Je donne sa friandise à Bi-joues qui, sage sur la table, nous regarde manger.

Avec Kiki, on lui disait (au malin), qu'elle ne lui cède pas, même si moi, je cède.

Bi-joues cherche un endroit où se coucher, il choisit le fauteuil roulant encombré de « sa maman ».

Elle le taquine et l'appelle « le chieur », tout en libérant son fauteuil.

Bi-joues descend alors et Kiki se moque de lui :

« Tu ne peux pas aller sur ta couverture ? »

Je lui dis qu'elle est sur la chaise ou dans le linge propre.

Kiki rigole avec moi : qui « fera » le service ?

Bi-joues vient m'empêcher de travailler.

Je lui dis en plaisantant : « Il est "chieur", ton fils ! » Elle et moi rigolons de plus belle : nous sommes d'accord que notre « garçon » nous ressemble.

À l'unanimité : « C'est un enquiquineur comme ses maîtres !! »

(Ce que nous ne savons pas, c'est que le lendemain, il compte nous rapporter une souris au petit déjeuner, de sous la pluie, pour se faire pardonner...)

Au début du journal, je disais qu'il y avait une affaire à élucider, cette voix sèche de la doctoresse qui avait rapidement changé, après qu'elle est sortie de la salle quelques instants. Je comprends quand je vois Christelle faire la photo de couverture, et je lui dis qu'elle est **géniale**.

Cette **voix** que j'employais avec Christelle en le lui disant, c'est bien la voix d'une personne **aimante**.

Entre Christelle, madame Coul, madame Deferre ou Margareth Thatcher, c'est Christelle qui mérite le paradis, même et surtout si Dieu est Aimant !

Je donne son laissez-passer à madame Coul, car elle a su s'adapter, c'est donc… *cool* et elle ne m'a jamais paru si méchante, tout bien réfléchi ! Inconsciente peut-être, mais qui ne l'est pas une fois dans sa vie…

Je pense à nos dignités, tous interlocuteurs et nous avons chacun su la récupérer ou la garder.

Ce sont là deux lettres : (**je vous aime**) et (**dans la dignité**).

Pierrot

Damien Siobud

Table des matières

© 2020 SIOBUD, Neimad
Édition : BoD – Books on Demand, 12/14 rond-point des
Champs-Élysées, 75008 Paris
Impression : BoD - Books on Demand, Norderstedt, Alle-
magne
ISBN : 9782322243518
Dépôt légal : Octobre 2020